ことば絵本《えほん》

明日《あした》のカルタ

倉本美津留《くらもとみつる》

まえがき

「明日《あした》」という、みんながいつも使《つか》っていることば。あるときボクは、このことばにスゴいことが隠《かく》れていることを発見《はっけん》しました。

「明日」

▼

「日月日」

▼

「日→月→日」

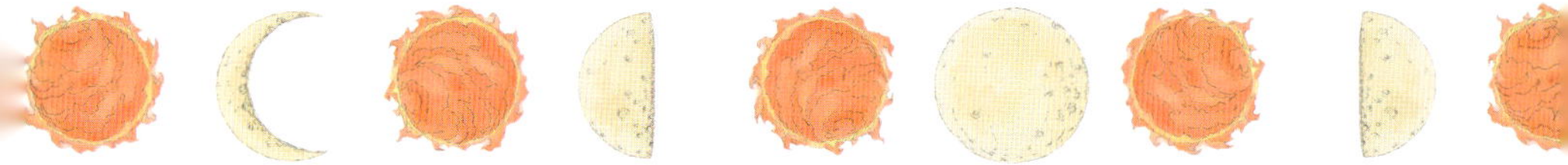

お日《ひ》さまが出《で》て朝《あさ》が来《き》て、お月《つき》さまが出《で》て夜《よる》が来《き》て、またお日《ひ》さまが出《で》て次《つぎ》の朝《あさ》が来て……つまり、1日《にち》の経過《けいか》が「明日《あした》」のなかに見事《みごと》に描《えが》かれているんです！　世界《せかい》がお昼《ひる》になったり夜《よる》になったりする時空《じくう》がたった2文字《もじ》に込《こ》められているなんて、ステキだと思《おも》いませんか？　刻一刻《こくいっこく》と変化《へんか》する風景《ふうけい》として「明日《あした》」という表現《ひょうげん》を見《み》たとき、あさっては「明明日」、しあさってては「明明明日」と表《あらわ》せることに気《き》づきました。未来《みらい》へ進《すす》むほど明《あか》るくなることに気《き》づいて、ボクは生《い》きていくことがうれしくなりました。そのうれしい気持《きも》ちが『明日《あした》のカルタ』という名前《なまえ》につながっています。

『明日《あした》のカルタ』は、二子玉川《ふたこたまがわ》ビエンナーレというアートイ

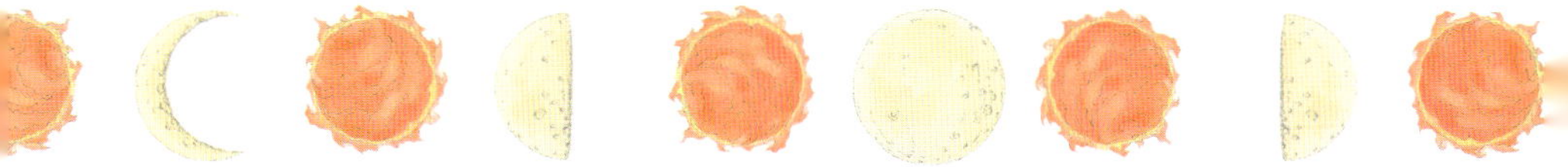

ベントのなかの企画《きかく》として生《う》まれました。床《ゆか》いっぱいに敷《し》き詰《つ》められたカルタを、子供《こども》たちがカラダ全体《ぜんたい》で取《と》りに行《い》く「巨大《きょだい》カルタ大会《たいかい》」は大盛《おおも》り上《あ》がり！　１枚《まい》の絵札《えふだ》を８本《ぽん》の手《て》で引《ひ》っ張《ば》り合《あ》うシーンもあれば、みんなが走《はし》り回《まわ》るすみっこで静《しず》かな子《こ》がマイペースに絵札《えふだ》を取《と》るシーンもあって、とてもドラマチックな時間《じかん》になりました。カルタを取《と》った子《こ》はみんな、両手《りょうて》をまっすぐ空《そら》に伸《の》ばして誇《ほこ》らしげな笑顔《えがお》で絵札《えふだ》を掲《かか》げていました。その表情《ひょうじょう》を見《み》て、「今日《きょう》のカルタ大会《たいかい》に参加《さんか》できなかった子供《こども》たちにも、この笑顔《えがお》になってほしい！」という気持《きも》ちがムクムクと膨《ふく》らんでいきました。「このカルタを届《とど》けなくちゃ！」……その気持《きも》ちが質量《しつりょう》を伴《ともな》ったカタチになってできたのが、この『明日《あした》のカルタ』です。

ボクは普段《ふだん》「笑《わら》い」をつくる現場《げんば》にいます。テレビ番組《ばんぐみ》を中心《ちゅうしん》に、新《あたら》しい「オモシロ」のカタチを提案《ていあん》していくことがボクの仕事《しごと》です。体験《たいけん》したことのない「オモシロ」に出会《であ》うと、人《ひと》は笑顔《えがお》になります。世界《せかい》がちょっと広《ひろ》がって、うれしくなるからだと思《おも》います。

『明日《あした》のカルタ』が、みんなを笑顔《えがお》にできますように！

あ

明日《あした》は明《あか》るい日《ひ》。
明日《あした》の明日《あした》はもっと明《あか》るい日《ひ》。
だから未来《みらい》はすごく明《あか》るい。

「明日《あした》」は「明《あか》るい日《ひ》」って書《か》くってこと、気《き》づいてた？
明日《あした》の明日《あした》は明《あか》るい明《あか》るい日《ひ》。
明日《あした》の明日《あした》の明日《あした》は明《あか》るい明《あか》るい明《あか》るい日《ひ》。
どんどん明《あか》るくなっていく。

30
'15
明るい未来
一日一段

い

犬《いぬ》と、自由《じゆう》に生《い》きよう。

すべての生《い》き物《もの》は、だれのものでもないはず。
キミの飼《か》ってる犬《いぬ》も本当《ほんとう》はキミのものではないし、
キミ自身《じしん》もだれのものでもない。
犬《いぬ》を解《と》き放《はな》って、自分《じぶん》も解《と》き放《はな》って、みんなで自由《じゆう》に生《い》きよう。

う

うそつきはつかまらない。
ドロボーはつかまるのに。
へーんなの。

物《もの》を盗《ぬす》むドロボーは悪《わる》い。
人《ひと》をだますうそつきも悪《わる》い。
それなのに、うそつきだけがつかまらないなんて、
なんだかおかしいと思《おも》わない？

POLICE
POLICE
献

え

遠足《えんそく》も楽《たの》しいけど、
近足《きんそく》も楽《たの》しいよ。

遠足《えんそく》に行《い》ったときのような
ワクワクした気持《きも》ちで近所《きんじょ》に出《で》かけてみよう。
「オモシロ」をキャッチするアンテナを張《は》っていれば、
身近《みじか》なところにも楽《たの》しい発見《はっけん》がいっぱいあるよ。ドキドキ！

お

落《お》ち込《こ》んじゃって
ブルーな気分《きぶん》。
いえいえブルーは空《そら》の色《いろ》。

心《こころ》が沈《しず》んでブルーなとき、その心《こころ》のブルーは
きれいな空《そら》のブルーとつながっているって想像《そうぞう》してみて。
気持《きも》ちが暗《くら》くなったときは、このことばを口《くち》に出《だ》して言《い》ってみよう。

か

カネで買《か》えないものがある。

お金《かね》で買《か》えないものって何《なん》だろう？
今《いま》すぐ10個《こ》言《い》ってみよう。
じゃあ、キミにとって、
どんなにお金《かね》を積《つ》まれても売《う》れないものって何《なに》？
こっちは１日《にち》かけてじっくり10個《こ》考《かんが》えてみて。

き

キリンの特徴《とくちょう》を
首《くび》が長《なが》い以外《いがい》で答《こた》える
カッコよさ。

人《ひと》と違《ちが》う視点《してん》をもとう。
遠慮《えんりょ》なく、独自《どくじ》の感覚《かんかく》でどんどん発見《はっけん》しよう。
いろんな角度《かくど》からものが見《み》られると、世界《せかい》はもっともっと広《ひろ》くなるよ。

く

靴《くつ》をはかない国《くに》もある。

今《いま》この本《ほん》を読《よ》んでいるこの瞬間《しゅんかん》も、いろんな人《ひと》たちが、地球上《ちきゅうじょう》でキミと一緒《いっしょ》に生《い》きている。世界《せかい》は広《ひろ》い！ キミの当《あ》たり前《まえ》が当《あ》たり前《まえ》じゃないことがいっぱい！ 遠《とお》くの国《くに》に住《す》む人《ひと》のことを想像《そうぞう》してみよう。

け

健康《けんこう》に気《き》をつけよう。
心配《しんぱい》してくれる人《ひと》のために。

キミが元気《げんき》でいることが、
お父《とう》さんやお母《かあ》さんへのプレゼント！
自分《じぶん》を大事《だいじ》にすることは、
まわりの人《ひと》を大事《だいじ》にすること。
人《ひと》のために、自分《じぶん》を大切《たいせつ》にしよう。

デッカイ夢ヲ！
DREAM BAR

こ

子供《こども》が大《おお》きくなったのが大人《おとな》。
夢《ゆめ》もそのまま大《おお》きくなぁれ。

「将来《しょうらい》の夢《ゆめ》は何《なに》？」って、
子供《こども》はしょっちゅう質問《しつもん》されるのに、
大人《おとな》があんまり聞《き》かれないのはどうしてだろう？
小《ちい》さい子供《こども》のキミでも大《おお》きな夢《ゆめ》をもっているんだから、
大《おお》きい大人《おとな》になったら、
夢《ゆめ》はもっと成長《せいちょう》していてもいいはずだよね！

さ

サメとイルカは似《に》てるよね。
さあ、どうする？

怖《こわ》いサメと、やさしいイルカ。
正反対《せいはんたい》の性格《せいかく》なのに、見《み》た目《め》はそっくり。
見《み》た目《め》がよく似《に》ていても中身《なかみ》が真逆《まぎゃく》のものって
いっぱいある。
ちゃんと自分《じぶん》で見極《みきわ》めていくしかないんだ。

し

信《しん》じる。
まず自分《じぶん》を。

もし自分《じぶん》を信《しん》じなかったら、
自分《じぶん》が信《しん》じているすべてのものが台無《だいな》しになる。
だって、信用《しんよう》できない自分《じぶん》が信《しん》じているもの……って何《なに》?!
自信《じしん》をもとう！
自分《じぶん》を信《しん》じるところからすべてが始《はじ》まる。

け！光輝け!!

す

好《す》き嫌《きら》いは直《なお》すけど、
残《のこ》さず食《た》べていいの？
この野菜《やさい》。

何《なに》が好《す》きか嫌《きら》いかを感覚的《かんかくてき》に選《えら》ぶことも個性《こせい》の１つ。
子供《こども》に対《たい》して残《のこ》さず食《た》べる努力《どりょく》を強《し》いるなら、
大人《おとな》は子供《こども》の体《からだ》にいいものを
本気《ほんき》で考《かんが》える努力《どりょく》をしなくちゃいけないよね。

I
mama

努力!
心
経験
熱

せ

先生《せんせい》は先《さき》に生《う》まれただけじゃダメ！

経験《けいけん》を積《つ》んで学《まな》んできて、大切《たいせつ》なことを教《おし》えてくれる人《ひと》が先生《せんせい》。
自分《じぶん》より先《さき》に生《う》まれてない人《ひと》が先生《せんせい》になることだってある。
逆《ぎゃく》に、名前《なまえ》だけが「先生《せんせい》」で、
本当《ほんとう》は先生《せんせい》でもなんでもない大人《おとな》もいるから要注意《ようちゅうい》！

そ

総理大臣《そうりだいじん》はエラい人。国民《こくみん》の次《つぎ》にエラい人。

国民《こくみん》（キミも含《ふく》まれている！）は総理大臣《そうりだいじん》よりエラいんだ。
だからなんでも総理大臣任《そうりだいじんまか》せじゃダメ。
自分《じぶん》たちで日本《にっぽん》のことを真剣《しんけん》に考《かんが》えよう。
国民《こくみん》こそが日本《にっぽん》を変《か》えることができるんだから！

1
2
3

た

楽《たの》しいね。
思《おも》ってみたら楽《たの》しいね。

気《き》持《も》ちを楽《たの》しい方向《ほうこう》に変《か》えるだけで
状況《しょうきょう》も楽《たの》しく変《か》わるなんて、
スゴいと思《おも》わない？

enjoy

ち

ちょっとが大事《だいじ》。
ちょっとしたことで
すべてが良《よ》くなることがあるから。

「辛《つら》」いという字《じ》に1本線《ぽんせん》を足《た》すだけで「幸《しあわ》」せの字《じ》に変《か》わる。
少《すこ》しのことで、マイナスだったものがプラスに大《おお》きく転換《てんかん》されるんだ。
ちょっとした工夫《くふう》や思《おも》いやりをいつものクセにしてしまおう！

幸
3B
辛
★消★
ERASERI
B

つ

つまずくよ。
つまずかないほうが
オカシイよ。

夢《ゆめ》に向《む》かって進《すす》んでいるなら、つまずくのは当《あ》たり前《まえ》。
だれも歩《ある》いたことのないキミだけの道《みち》を歩《ある》いているんだから。
全然《ぜんぜん》つまずかなかったら、それはたぶん進《すす》んでいないってこと。
つまずくのは前進《ぜんしん》している証拠《しょうこ》なんだ！

安全第一

て

手紙《てがみ》はメールより強《つよ》し。

便箋《びんせん》・切手《きって》・ペンのチョイス、文字《もじ》の書《か》き方《かた》……
文章《ぶんしょう》の中身以外《なかみいがい》のところにも気持《きも》ちがこもって伝《つた》わる。
ここぞというときには、手紙《てがみ》を書《か》こう。

と

友《とも》と友達《ともだち》と知《し》り合《あ》い。
似《に》ているようで全然《ぜんぜん》違《ちが》う。

「友《とも》」と呼《よ》べる特別《とくべつ》に大切《たいせつ》な人《ひと》はいる?
もう出会《であ》ってるかもしれないし、これから出会《であ》うのかもしれない。
代《か》えが利《き》かないかけがえのない人《ひと》に出会《であ》おう。
キミも、だれかにとって代《か》えが利《き》かないかけがえのない人《ひと》になろう。

な

何《なに》これ？
思《おも》ったときが調《しら》べどき。

1つの「何《なに》これ？」を調《しら》べてみたら、
そこから別《べつ》の「何《なに》これ？」がどんどん生《う》まれて、
自分《じぶん》の興味《きょうみ》が広《ひろ》がっていくよ。
ほったらかしたら、もったいない！
（ただし、答《こた》えを調《しら》べる前《まえ》に自分《じぶん》で1度《ど》考《かんが》えてみよう）

Everythink
なんでも
辞典
Everythink
辞

に

人気者《にんきもの》。支《ささ》える人《ひと》が本当《ほんとう》は主役《しゅやく》。

スポットライトを浴《あ》びる人《ひと》がいるところには、スポットライトを当《あ》てている人《ひと》がいることを想像《そうぞう》しよう。

実《じつ》はどちらの人《ひと》も主役《しゅやく》なんだよ。

それぞれの持《も》ち場《ば》がそれぞれのステージ。

どのステージの主役《しゅやく》も、最高《さいこう》のパフォーマンスをしなくちゃね。

あんたが
主役！

ぬ

ぬるま湯《ゆ》に
つかってい続《つづ》けたら
必《かなら》ず風邪《かぜ》を引《ひ》く。

なんとなく楽《らく》な場所《ばしょ》にいて、なんとなく毎日《まいにち》を過《す》ごしちゃってない？
それに気《き》づいたら、自分《じぶん》のタイミングでぬるま湯《ゆ》から出《で》るチャンス！
世界《せかい》はバスタブの１０００倍《ばい》の１０００倍《ばい》の１０００倍《ばい》よりもっと広《ひろ》い。

ね

寝《ね》ると明日《あした》が来《く》る。
だから寝《ね》よう。

今日《きょう》がどんな日《ひ》であろうと、寝《ね》たら明日《あした》がやってくる。
明日《あした》は、毎日《まいにち》やってくる。明日《あした》は、絶対《ぜったい》やってくる。
明日《あした》は、みんなにやってくる。
そして「あ」でも言《い》ったよね？
そう！ 明日《あした》は必《かなら》ず明《あか》るい日《ひ》なんだ。

の

のびのびと。
ただのびのびと、
のびのびと。

「のびのび」は「伸《の》びる伸《の》びる」だから、
「のびのび」したらぐんぐん伸《の》びる。
「のびのび」する気持《きも》ちがないと、伸《の》び悩《なや》む。
やることや考《かんが》えることはたくさんあるけど、
忘《わす》れちゃいけない「のびのび」を。

は

歯《は》をみがこう。

歯《は》はみがいたほうが長持《ながも》ちするようだ。
歯《は》が長持《ながも》ちすれば、おいしいものがずっと食《た》べられるようだ。
大事《だいじ》なことだから、もう1度《ど》言《い》おう。
歯《は》はみがいたほうが長持《ながも》ちするようだ。

ひ

人《ひと》にやさしい果物《くだもの》バナナ。
だってあんなに食《た》べやすい。

手《て》にぴったりくる形《かたち》。1回《かい》で食《た》べきれるサイズ。
皮《かわ》がむきやすくて、手《て》もよごれない。
持《も》ち運《はこ》べて、栄養《えいよう》たっぷりで、何《なに》よりおいしい！
……って、頼《たの》んでもいないのに、
勝手《かって》にバナナはやさしい!!

ふ

普通《ふつう》じゃない！と言《い》われたらチャンス！

ジョン・レノンも岡本太郎《おかもとたろう》も坂本竜馬《さかもとりょうま》も、新《あたら》しくておもしろいことを生《う》み出《だ》した人《ひと》はだれもが最初《さいしょ》は「普通《ふつう》じゃない！」と言《い》われてきた。キミのオリジナリティは宝物《たからもの》なんだよ。

へ

凹《へこ》んでも大丈夫《だいじょうぶ》。
人間《にんげん》は最初《さいしょ》から
形状《けいじょう》記憶《きおく》合金《ごうきん》。

めちゃくちゃ凹《へこ》んで「もう、ダメかもしれない……」
なんて、心《こころ》が折《お》れることってあるよね。
だけど、ボクたちは必《かなら》ず立《た》ち直《なお》れるように
できてるってこと、忘《わす》れないで。

ほ

ほめられたい。
と思《おも》わないと、
ほめられた。

結局評価《けっきょくひょうか》されるのは、感《かん》じたことに対《たい》して
素直《すなお》に動《うご》いたときのほうが多《おお》かったりする。
人《ひと》が見《み》てても見《み》てなくても、
自分《じぶん》が正《ただ》しいと思《おも》ったことは実行《じっこう》しよう。

HoMeTe!

ま

まだやらなくていいか、のままご臨終《りんじゅう》。チーン。

今《いま》すぐスタートしよう。幸《さいわ》いキミはまだ生《い》きている！

やる!
まだやらない…
一マス一歳

み

みんなのことばっかり
見《み》んな！

キミはキミらしくいるのが最高《さいこう》。
人《ひと》をリスペクトするのはステキなことだけど、
自分《じぶん》の考《かんが》えや好《この》みをきちんと尊重《そんちょう》して生《い》きていこう。

む

ムリということばは
10年《ねん》やってから。

しっこく、とことん、挑戦《ちょうせん》し続《つづ》けよう。
本当《ほんとう》にかなえたい夢《ゆめ》なら、
かなうまであきらめたらダメだ！

できた
ムリ
1年目
ムリ
2年目
ムリ
4年目
ムリ
6年目
ムリ
7年目
ムリ
8年目
ムリ
9年目
ムリ
10年目
ムリ

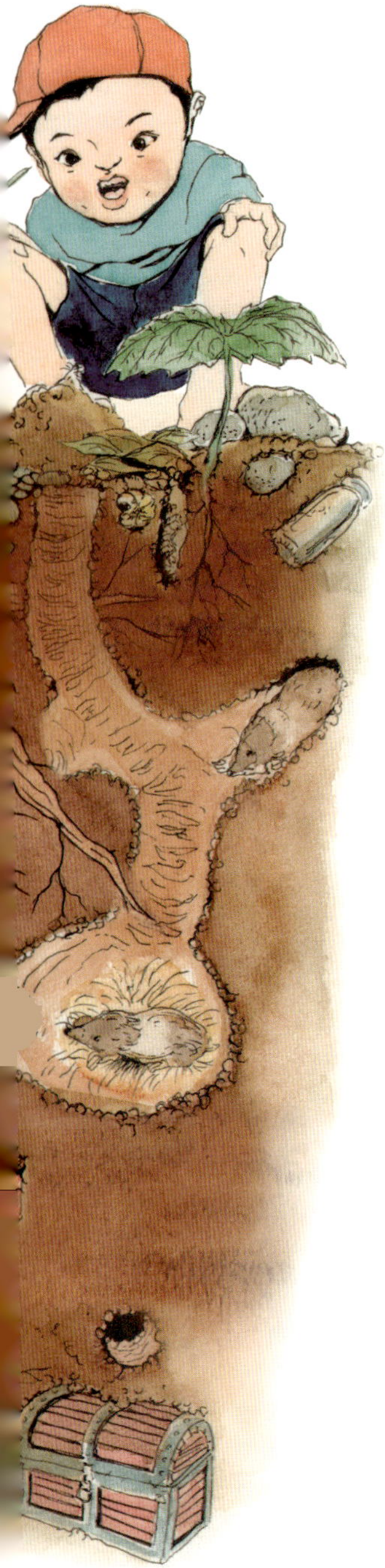

め

目《め》に見《み》えるもの。
目《め》に見《み》えないもの。
本当《ほんとう》は目《め》に見《み》えないもののほうが
多《おお》いんだよ。

見《み》えるものしか信《しん》じないなんてナンセンス！
目《め》には見《み》えないもののほうがずっと多《おお》いんだから。
心《こころ》・音《おと》・時間《じかん》・空気《くうき》・健康《けんこう》・匂《にお》い・命《いのち》・愛《あい》・自由《じゆう》・ぬくもり……
他《ほか》にはどんなものがあるかな？

も

森《もり》へ行《い》こう。ムチャクチャだから。

整理《せいり》されていないムチャクチャの森《もり》で、
生《い》き物《もの》はたくましく生《い》きている。
ボクたちが住《す》む街《まち》は、
整備《せいび》されすぎているかもしれない。
さあ！ 森《もり》に飛《と》び込《こ》もう！

や

やめよう！ 右《みぎ》へならえ。

みんなが同《おな》じ方向《ほうこう》を見《み》ているとき、
1人《ひとり》だけ逆《ぎゃく》の方向《ほうこう》を見《み》たらどんな景色《けしき》が見《み》えるだろう？
それは、やってみた人《ひと》だけがわかる。
キミはその景色《けしき》を見《み》てみたくない？

ゆ

夢《ゆめ》はかなう。
寝《ね》ていても起《お》きてても。

将来《しょうらい》なりたい「夢《ゆめ》」と
眠《ねむ》っているときに見《み》る「夢《ゆめ》」は同《おな》じこと。
かなうまでに時間《じかん》がかかるか、
一瞬《いっしゅん》だけどすぐに見《み》られるかだけの違《ちが》い。
時間《じかん》に負《ま》けないで夢《ゆめ》をかなえよう。

よ

よいこは
マネしないでください。
ん？する？
んーまかせた。

人《ひと》が決《き》めたルールや注意《ちゅうい》に対《たい》して、
何《なに》も考《かんが》えずにただ従《したが》っていていいのかな？
どうしてそういうルールがあるのか、
きちんと自分《じぶん》で考《かんが》えよう。
（大人《おとな》の都合《つごう》だけで決《き》められていることもあるしね）

よいこは
マネ
ダメ〜
しないでください。
スル
シナイ
やってみな。

ら

ラブ。
とにかくラブ。
やみくもにラブ。

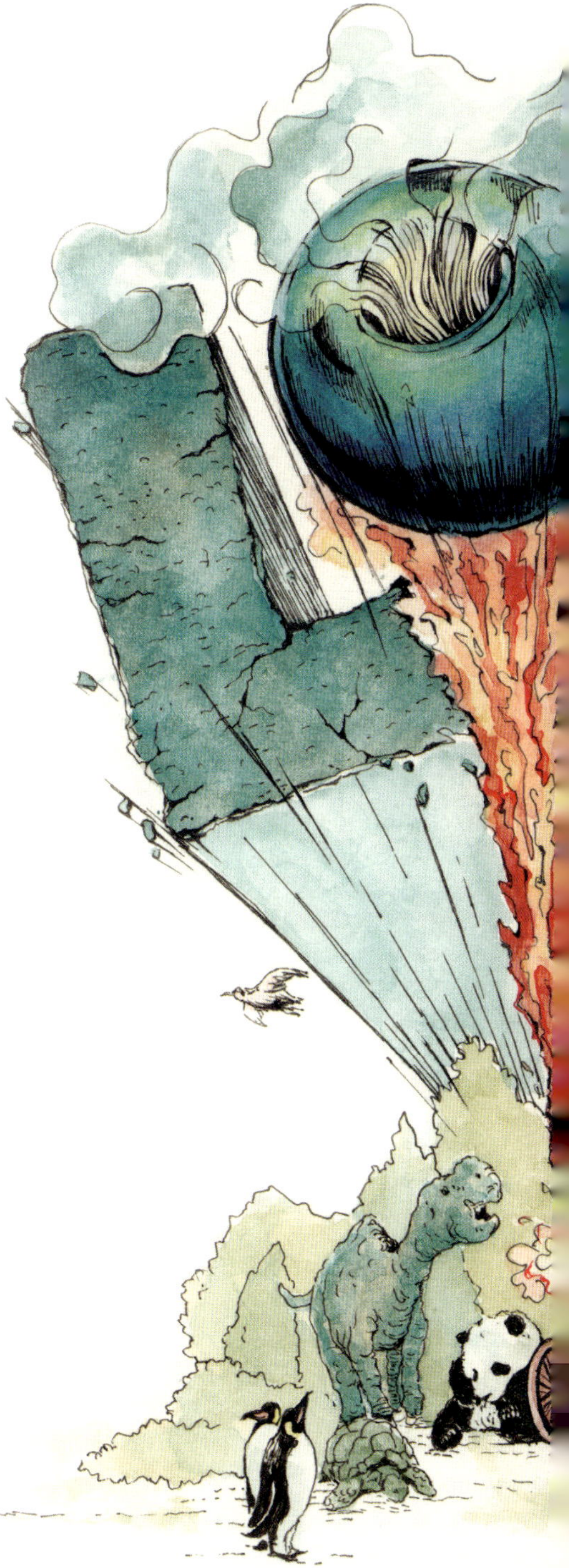

ケンカをやめよう！ 争《あらそ》いごとをやめよう！
戦争《せんそう》をなくそう！ 殺《ころ》し合《あ》いはやめよう！
そのためには、愛《あい》！ 愛《あい》！ 愛《あい》しかない！
自分《じぶん》にラブ！ 人《ひと》にラブ！
生《い》きとし生《い》けるものにラブ！
世界《せかい》にラブ！ 宇宙《うちゅう》にラブ！
そう！ 結局《けっきょく》、愛《あい》こそがすべてなんだ!!

り

立派《りっぱ》ってなに？河童《かっぱ》とどう違《ちが》う？

立派《りっぱ》の基準《きじゅん》って何《なに》？
大人《おとな》が言う「立派《りっぱ》な人《ひと》になれ」って、
どんな人《ひと》のこと？

る

ルールはハートでなら破《やぶ》っていい！

ルールは大事《だいじ》。
だけど、ときには自分《じぶん》の心《こころ》に従《したが》って、信念《しんねん》をもって、
決《き》まりからはみ出《だ》していくことが正《ただ》しいこともある。

れ

練習《れんしゅう》は100点《てん》を目指《めざ》せ。
本番《ほんばん》は100点《てん》を超《こ》えろ。

100点《てん》をイメージして練習《れんしゅう》を積《つ》んだなら、
本番《ほんばん》では思《おも》い切《き》ろう。
そして、うっかりそれまでの自分《じぶん》を超《こ》えてしまおう。
出《で》た結果《けっか》に自分《じぶん》でビックリしよう！

NISHI

ろくなモンじゃない!
やめとけよ

ろ

ろくなモンじゃない！
と言《い》われたら
チャンス！

ニュートンもエジソンもアインシュタインも、
新《あたら》しくておもしろいことを生《う》み出《だ》した人《ひと》は
だれもが最初《さいしょ》は「ろくなモンじゃない！」と言《い》われてきた。
キミのオリジナリティは宝物《たからもの》なんだよ。

わ

笑《わら》いにはひねりを。

笑《わら》いは人間《にんげん》にとって1番大切《ばんたいせつ》なもの。
ひねりは発明《はつめい》。
笑《わら》いにひねりがあれば、創造《そうぞう》になる。
それが新《あたら》しい未来《みらい》を切《き》り拓《ひら》くんだ。
そもそもDNA《ディーエヌエー》がひねりの形《かたち》をしてるもんね!!

ことば一覧《いちらん》

あ
明日《あした》は明《あか》るい日《ひ》。明日《あした》の明日《あした》はもっと明《あか》るい日《ひ》。だから未来《みらい》はすごく明《あか》るい。

い
犬《いぬ》と、自由《じゆう》に生《い》きよう。

う
うそつきはつかまらない。ドロボーはつかまるのに。へーんなの。

え
遠足《えんそく》も楽《たの》しいけど、近足《きんそく》も楽《たの》しいよ。

お
落《お》ち込《こ》んじゃってブルーな気分《きぶん》。いえいえブルーは空《そら》の色《いろ》。

か
カネで買《か》えないものがある。

き
キリンの特徴《とくちょう》を首《くび》が長《なが》い以外《いがい》で答《こた》えるカッコよさ。

く
靴《くつ》をはかない国《くに》もある。

け
健康《けんこう》に気《き》をつけよう。心配《しんぱい》してくれる人《ひと》のために。

こ
子供《こども》が大《おお》きくなったのが大人《おとな》。夢《ゆめ》もそのまま大《おお》きくなぁれ。

さ し す せ そ た ち つ て と な に

サメとイルカは似《に》てるよね。さあ、どうする？

信《しん》じる。まず自分《じぶん》を。

好《す》き嫌《きら》いは直《なお》すけど、残《のこ》さず食《た》べていいの？この野菜《やさい》。

先生《せんせい》は先《さき》に生《う》まれただけじゃダメ！

総理大臣《そうりだいじん》はエライ人。国民《こくみん》の次《つぎ》にエライ人。

楽《たの》しいね。思《おも》ってみたら楽《たの》しいね。

ちょっとが大事《だいじ》。ちょっとしたことですべてが良《よ》くなることがあるから。

つまずくよ。つまずかないほうがオカシイよ。

手紙《てがみ》はメールより強《つよ》し。

友《とも》と友達《ともだち》と知《し》り合《あ》い。似《に》ているようで全然違《ぜんぜんちが》う。

何《なに》これ？思《おも》ったときが調《しら》べどき。

人気者《にんきもの》。支《ささ》える人《ひと》が本当《ほんとう》は主役《しゅやく》。

ぬ　ね　の　は　ひ　ふ　へ　ほ　ま　み　む

ぬるま湯《ゆ》につかってい続《つづ》けたら必《かなら》ず風邪《かぜ》を引《ひ》く。

寝《ね》ると明日《あした》が来《く》る。だから寝《ね》よう。

のびのびと。ただのびのびと、のびのびと。

歯《は》をみがこう。

人《ひと》にやさしい果物《くだもの》バナナ。だってあんなに食《た》べやすい。

普通《ふつう》じゃない！と言《い》われたらチャンス！

凹《へこ》んでも大丈夫《だいじょうぶ》。人間《にんげん》は最初《さいしょ》から形状記憶合金《けいじょうきおくごうきん》。

ほめられたい。と思《おも》わないと、ほめられた。

まだやらなくていいか、のままご臨終《りんじゅう》。チーン。

みんなのことばっかり見《み》んな！

ムリということばは10年《ねん》やってから。

めもやゆよらりるれろわ

目《め》に見《み》えるもの。目《め》に見《み》えないもの。本当《ほんとう》は目《め》に見《み》えないもののほうが多《おお》いんだよ。

森《もり》へ行《い》こう。ムチャクチャだから。

やめよう！右《みぎ》へならえ。

夢《ゆめ》はかなう。寝《ね》ていても起《お》きてても。

よいこはマネしないでください。ん？する？んーまかせた。

ラブ。とにかくラブ。やみくもにラブ。

立派《りっぱ》ってなに？河童《かっぱ》とどう違《ちが》う？

ルールはハートでなら破《やぶ》っていい！

練習《れんしゅう》は100点《てん》を目指《めざ》せ。本番《ほんばん》は100点《てん》を超《こ》えろ。

ろくなモンじゃない！と言《い》われたらチャンス！

笑《わら》いにはひねりを。

『明日のカルタ』特設ウェブページで、
カルタのことばを読み上げる声が聞けるよ！
http://www.ninpop.com/karuta/

考《かんが》えてみよう！ やってみよう！

今《いま》のキミにとって、1番《ばん》気《き》になるカルタのことばを選《えら》んでみよう。

友《とも》・お父《とう》さん・お母《かあ》さん・学校《がっこう》の先生《せんせい》に贈《おく》りたいカルタのことばを選《えら》ぼう。

今《いま》キミがこの本《ほん》を読《よ》んでいる半径《はんけい》5メートルを近足《きんそく》してみよう。

お金《かね》で買《か》えないものにはどんなものがあるか考《かんが》えてみよう。

キミの立《た》っているところの地球《ちきゅう》の反対側《はんたいがわ》に生《い》きている人のことを想像《そうぞう》してみよう。

まわりの大人《おとな》に「将来《しょうらい》の夢《ゆめ》」を聞《き》いてみよう。

1番《ばん》最近《さいきん》書《か》いた手紙《てがみ》の相手《あいて》と内容《ないよう》を思《おも》い出《だ》してみよう。

バナナ以外《いがい》にも人《ひと》にやさしいものを探《さが》してみよう。

「やってみたいな」と思《おも》いながらまだやっていないことを今《いま》すぐ始《はじ》めよう。

目《め》に見《み》えないけどあるものには何《なに》があるか考《かんが》えてみよう。

眠《ねむ》っているときに見《み》た夢《ゆめ》と起《お》きているときに見《み》ている夢《ゆめ》の内容《ないよう》をノートに書《か》いてみよう。

キミのオリジナルカルタを考《かんが》えて、次《つぎ》のページに実際《じっさい》につくろう。

あとがき

もうキミは気《き》づいてるかもしれないけど、実《じつ》は『明日《あした》のカルタ』で伝《つた》えているメッセージは、片手《かたて》で数《かぞ》えられるいくつかのことしかなかったりする。本当《ほんとう》に大切《たいせつ》なことって、それくらいしかないのかもしれないなって思《おも》うんだ。それくらいの数《かず》なんだから、きちんと大切《たいせつ》にできるはずだよね。

1年《ねん》……5年《ねん》……10年先《ねんさき》にも、この『明日《あした》のカルタ』がキミの本棚《ほんだな》にあったら、たまに手《て》に取《と》ってなんとなくパラパラめくってほしい。気《き》になるページは、たぶんそのときそのときで違《ちが》うはず。本《ほん》に印刷《いんさつ》された内容《ないよう》は変《か》わらないのに、書《か》かれていることばの意味《いみ》が変《か》わっていることに気《き》づくこともあると思《おも》う。だけど、それは不思議《ふしぎ》なことじゃないんだ。内容《ないよう》が変《か》わったように見《み》えるのは、キミ自身《じしん》が変《か》わった証拠《しょうこ》なんだよ。

ボク自身《じしん》、この本《ほん》が完成《かんせい》するまでに、何度《なんど》もカルタのことばを見《み》てきた。もともと自分《じぶん》から出てきたことばのはずなのに、読《よ》むたびに「そうだよなー！」「今《いま》の自分《じぶん》に必要《ひつよう》なのはこれだ！」なんて、毎回《まいかい》ビックリ。ボクにとってこのカルタのことばは、だれがつくったかとかそんなことは関係《かんけい》ない、不思議《ふしぎ》な存在《そんざい》にすでになってるんだ。

キミが今《いま》よりも大《おお》きくなって、この本《ほん》とまったく関係《かんけい》ないことをしているとき、「あのことばってこういうことだったんだ！」って、突然《とつぜん》ヒラメク瞬間《しゅんかん》が来《く》るかもしれない。つくったボクも気《き》づいていないことばの本当《ほんとう》の意味《いみ》が、キミにはわかるかもしれない。そういうことが本当《ほんとう》に起《お》こるんじゃないかって思《おも》ってる。

本《ほん》を手《て》に取《と》って読《よ》んでいる今《いま》だけじゃなくて、読《よ》み終《お》わったあとも、カルタのことばがキミにとって何《なに》かに気《き》づくヒントになったらうれしいな。「明日《あした》」も「明明日《あさって》」も「明明明日《しあさって》」も、キミの未来《みらい》を明《あか》るく照《て》らす、ささやかなヒントに。

倉本《くらもと》 美津留《みつる》

放送作家。一九五九年生まれ。「ダウンタウンDX」「爆笑 大日本アカン警察」NHK Eテレのこども番組「シャキーン!」など、数々のヒット番組を担当。これまで手掛けた番組は「ダウンタウンのごっつええ感じ」「一人ごっつ」「M-1グランプリ」「伊東家の食卓」「たけしの万物創世紀」「EXテレビ」「現代用語の基礎体力」など。また、「美津留」の名前でミュージシャンとしても活動中。アルバム『躾』をビクターエンタテインメントよりリリース。ユニット「YOUに美津留」ではNHKみんなのうたに『月』を発表。著書に『どらごん――道楽言』（朝日出版社）、『日本語ポ辞典』（PHP研究所）、『ビートル頭』（主婦の友社）がある。

ことば絵本《えほん》 明日《あした》のカルタ

二〇一三年六月一五日 初版第一刷発行
二〇一三年八月二五日 初版第三刷発行

著者 倉本美津留
イラスト テッポー・デジャイン。
発行者 高野義夫
発行所 株式会社日本図書センター
〒一一二-〇〇一二 東京都文京区大塚三-八-二
電話 〇三-三九四七-九三八七（営業部）
〇三-三九四五-六四四八（出版部）
HP www.nihontosho.co.jp

装丁 松村大輔
協力 二子玉川ビエンナーレ 株式会社グラムビースト
株式会社ニンポップ
梅沢篤（Glam Beast） 市川恵一郎（PHIL）
本多アシタ（ninpop）
編集 高野総太 高野愛実
印刷・製本 図書印刷株式会社
ISBN 978-4-284-70081-8